UN PRINTEMPS VERT PANIQUE

Du même auteur, dans la même série :

Un été bleu cauchemar
Un automne rouge sang
Un hiver blanc frisson

Du même auteur, en Rageot Romans :

BANGOR

L'orphelin de la lande
Sur les toits de Paris
La fortune à tout prix

UN PRINTEMPS VERT PANIQUE

PAUL THIÈS

RAGEOT

Cet ouvrage a été imprimé sur un papier
issu de forêts gérées durablement,
de sources contrôlées.

Couverture de Gilbert Raffin.

ISBN 978-2-7002-2917-2
ISSN 1766-3016

Le groom et la comtesse

Martin Malivert, un garçon aux yeux bleus, blond et mince, doux et triste travaille comme groom à l'hôtel des Quatre Saisons, rue de Seine. Il porte une toque verte et un uniforme vert à boutons dorés. Martin a seize ans et il est orphelin depuis des années : ses parents sont morts dans un accident de voiture.

L'an dernier le garçon allait encore au lycée, mais son oncle et sa tante Richard et Hélène Lerond, des épiciers de Créteil, ses tuteurs, se sont débarrassés de lui en le plaçant aux Quatre Saisons dès le début de l'été alors que les autres jeunes de son âge partaient en vacances. Depuis, Martin est groom.

L'hôtel des Quatre Saisons, situé en plein Quartier latin au cœur de Paris, accueille surtout des étrangers fortunés, souvent des artistes qui n'apprécient guère les grands palaces des Champs-Élysées.

L'adolescent ouvre la porte aux clients, fait leurs courses et s'efforce de prévenir leurs moindres caprices. Les hôtes des Quatre Saisons sont en général aussi riches qu'exigeants.

Lorsqu'il le faut Martin se charge aussi de toutes les corvées : il donne un coup de main à la plonge, épluche les légumes aux cuisines ou exécute des livraisons aux quatre coins de Paris.

Le printemps est arrivé.

De jolies filles se promènent dans la rue. Elles passent devant le groom immobile et certaines lui sourient. Martin leur rend volontiers leur sourire, mais ça ne compte pas vraiment. Le garçon est amoureux de Marie-Décembre Desmoulins, une Canadienne de son âge qui habite parfois les Quatre Saisons. Il ne l'a pas revue depuis plusieurs semaines, mais il rêve d'elle chaque jour.

Marie-Décembre...

Marie-Décembre Desmoulins a l'âge du jeune groom. Aussi blonde que lui, les yeux très bleus, elle apporte aux Quatre Saisons l'espoir, l'amour et l'aventure.

Martin rêve qu'un jour Marie-Décembre et lui voyageront ensemble dans des villes mystérieuses ou sur des plages ensoleillées. Là, ils s'aimeront en paix, loin des corvées de l'hôtel.

Martin ne déteste pas trop son travail et il aime bien Paris, mais il regrette énormément de ne pas voyager.

Son père, Jean Malivert, était un écrivain célèbre. Ses livres, des récits de voyage, parlaient de lieux étranges, merveilleux : les temples d'Angkor au Cambodge et le Chemin de l'Inca, au Pérou, le Kremlin de Moscou ou la Cité interdite de Pékin... Le jeune groom voudrait parcourir le monde pour imiter son père et pour escorter son amie. Mme Desmoulins, la mère de Marie-Décembre, est très riche et très belle. Elle parcourt depuis des années le monde de palace en palace. Martin voudrait posséder assez d'argent pour offrir de telles splendeurs à son amie, son amour...

Martin se retourne, franchit la porte à tambour, pénètre dans le hall de l'hôtel et salue quelques clients. Il apporte leurs journaux à un acteur allemand toujours vêtu d'une chemise de soie noire et d'une veste de soie blanche, puis à un sculpteur américain qui travaille le fer et l'acier, le bronze et le cuivre.

Les Quatre Saisons ne désemplissent jamais, ce qui fait plaisir à Martin.

L'hôtel ne lui appartient pas, bien sûr, mais il s'y est attaché avec le temps. Il adore voir les clients traverser les salons et se hâter vers les chambres. Ils aiment les Quatre Saisons, eux aussi. Ils en parlent à leurs amis des cinq continents et il en vient toujours d'autres, et d'autres encore. Le jeune groom se sent fier de ce succès. Il en revendique sa part, fût-ce la plus modeste.

Une sonnerie au tableau d'appel attire son attention. C'est celle de la suite numéro un où loge depuis plus de quarante ans la comtesse de Garrivier, une vieille dame solitaire. Martin se précipite vers l'ascenseur. Il aime beaucoup la comtesse. Elle le garde parfois une heure ou deux auprès d'elle. Le garçon lui parle de ses peines et de ses joies, ou lui fait la lecture. Il s'arrête devant la porte et frappe doucement.

– Tu peux entrer.

La suite compte quatre pièces. Les fenêtres s'ouvrent sur le jardin, mais d'épais rideaux filtrent la lumière du jour.

Des tapisseries recouvrent les murs. Elles représentent des paysages ou des forêts. Des cerfs courent sous de grands arbres, des cygnes nagent sur des étangs d'un vert brumeux.

Mme de Garrivier est assise dans un fauteuil tendu de tissu brodé, à côté de la cheminée.

Dehors il fait doux, mais ici le feu brûle encore. Mme de Garrivier a toujours froid. Elle porte d'épais châles de cachemire qui lui donnent l'air d'une reine du temps jadis, noble mais lasse.

– Approche, Martin, assieds-toi près de moi.

L'orphelin obéit et s'installe timidement dans le second fauteuil, juste en face de celui de la comtesse. Elle tient un livre relié en cuir : *Les Fleurs du mal* de Charles Baudelaire. Elle le tend à Martin. Le volume s'ouvre de lui-même entre les mains du garçon. Il a l'habitude. Il toussote pour s'éclaircir la gorge et commence à lire :

Je suis belle, ô mortels ! comme un rêve de pierre,
Et mon sein, où chacun s'est meurtri tour à tour,
Est fait pour inspirer au poète un amour
Éternel et muet ainsi que la matière[1]*...*

Martin ne comprend pas tout, mais il lit très bien, d'une voix douce et chantante.

La vieille dame l'écoute sans bouger.

– C'est beau, n'est-ce pas ?

– Oui, madame...

Elle resserre son châle sur ses épaules.

– Tu penses sûrement que je n'ai jamais été belle...

– Je ne sais pas, murmure le garçon.

Mais il rougit. La comtesse a raison. À ses yeux, elle est vieille depuis toujours, et pour toujours.

– J'ai froid...

– Je m'en occupe, madame, s'empresse le garçon.

Il pose le livre, s'agenouille devant le feu et le ranime à l'aide d'un tisonnier de cuivre. Les flammes brûlent son visage.

1. *La Beauté.*

Elles dansent sur les boutons dorés de son uniforme.

– Voilà, madame.

– Merci. Donne-moi ta main.

Il fait très chaud dans la pièce mais la main de la comtesse est glacée, fragile. Presque friable. Elle caresse doucement la joue du garçon, puis ses cheveux blonds. Martin, ému et un peu gêné, pense à sa mère morte depuis si longtemps…

La comtesse se renverse dans son fauteuil, très pâle, les yeux clos.

– Vous n'allez pas bien, madame ?

– Je suis malade, Martin. Très malade.

Le garçon referme le livre et ne bouge plus. Il se sent soudain mal à l'aise et très malheureux. Mme de Garrivier lui montre un flacon rempli de minuscules pilules vertes posé sur un guéridon, à côté d'elle.

– Elles ont la couleur de ton uniforme, plaisante-t-elle.

– À quoi servent-elles ?

– À soutenir mon cœur. Il s'affaiblit chaque jour, presque à chaque instant. Je vais bientôt mourir, répond doucement la comtesse.

Les flammes chantent et murmurent. Les rideaux, les tapisseries et les meubles délicats isolent la pièce du reste de l'hôtel, de la lumière et de la joie du printemps. Les yeux de Martin le piquent un peu ; sûrement à cause du feu...

L'orphelin voudrait poser des questions, ou protester. Saisir la main de la vieille dame et la serrer très fort pour lui montrer son affection. Il n'ose pas. La comtesse, fatiguée, lui fait signe de sortir. Le garçon se retire en silence, la tête basse.

Prisonnier des cuisines !

Les jours passent et Martin continue à servir Mme de Garrivier. La comtesse n'évoque plus sa maladie. Le garçon s'efforce de lui prouver son attachement. Il s'applique à lire d'une voix aussi calme que possible. Il lui offre même des fleurs achetées avec son propre argent. Il les dispose dans des vases de porcelaine bleue, blanche ou jaune. Elle aime les contempler.

Martin s'attache d'autant plus à la vieille dame que désormais il s'ennuie un peu aux Quatre Saisons. Avant, l'adolescent passait beaucoup de temps non seulement avec Marie-Décembre, mais aussi avec Mehdi ben Mourad, l'ancien marmiton de l'hôtel, et avec Louise Langoisse (surnommée Louise-Louve), la copine de ce dernier. Mehdi, le meilleur ami de Martin, détestait son métier, sa vie de domestique. Mehdi a fini par trouver un emploi dans une librairie arabe du Quartier latin. Ça lui plaît nettement plus que de patauger dans l'eau de vaisselle ! Louise-Louve l'encourage dans ce nouveau travail et, du coup, ils ne passent plus très souvent à l'hôtel. Martin les regrette beaucoup. Avec eux, avant, il ne voyait pas le temps passer...

Martin a congé un dimanche matin sur deux. Il se lève alors plus tard que d'habitude, ouvre la fenêtre de sa petite chambre et jette un coup d'œil au-dehors.

Le jardin est vert ; un vrai coin de campagne en plein Paris. Les quatre marronniers sentent bon. Des oiseaux se posent au bord de la fontaine de pierre dorée et boivent à petits coups de bec.

Martin s'habille rapidement : aujourd'hui il ne porte pas d'uniforme. Il enfile un jean, une chemise et un pull verdâtre plus épouvantable que celui de Gaston Lagaffe. Il a promis à Mehdi de l'aider à ranger son stock. Martin adore les livres ; il les respecte puisque son père était écrivain. S'il vivait encore, sa vie serait bien plus facile.

Martin est prêt ! Il dévale l'escalier à toute allure, mais au moment de sortir par la porte de service, rue des Quatre-Vents, il tombe nez à nez avec M. Clérard, le directeur de l'hôtel.

Clérard est grand, mince et sévère. Il porte des lunettes cerclées d'or et des vêtements stricts. Martin ne l'aime guère.

– Où allez-vous, Malivert ? demande le directeur d'un ton glacial.

– Je sors, monsieur, répond le groom. J'ai rendez-vous avec un ami.

– Il n'en est pas question ! Descendez immédiatement aux cuisines. Le plongeur est malade et il reste énormément de vaisselle.

– Mais j'ai congé ! insiste le garçon indigné. Et puis je ne suis pas plongeur, moi !

– Tu veux perdre ta place, Martin ? Tu veux que j'avertisse tes tuteurs ? menace Clérard en le tutoyant brusquement.

Sa voix est devenue tranchante, presque cruelle.

– Non... Non, monsieur.

– Tu es le groom de cet hôtel, un employé, un domestique, ni plus ni moins. Tu as compris ?

– Oui, monsieur.

– Alors répète ce que je viens de dire, siffle Clérard.

Son comportement paraît extrêmement bizarre à Martin. Il cherche à l'humilier, à l'écraser. Pourquoi ?

– Répète ! exige le directeur.

– Je suis le groom de l'hôtel, murmure le garçon à contrecœur, un employé, un domestique...

L'orphelin baisse la tête. Il ne songe pas à se rebeller. Martin est très doux, facilement résigné. Les Lerond, qui l'ont recueilli après la mort de ses parents, l'ont élevé durement.

– Parfait, grogne M. Clérard. File à la plonge. Plus vite tu finiras et plus vite tu sortiras.

– Oui, monsieur le directeur.

– Et n'oublie pas que tu reprends ton service à quatorze heures.

– Bien, monsieur.

Les cuisines de l'hôtel, installées dans d'anciennes caves, évoquent les mystères de Paris. Martin le rêveur s'attend presque à voir Quasimodo ou le Bossu surgir entre deux marmites.

M. Lefèvre, le chef, ne manque pas d'élégance. Presque aussi mince que le directeur, il n'a pas plus de quarante ans, malgré sa moustache et ses cheveux gris. Martin aime beaucoup l'observer quand il travaille.

– Je remplace le plongeur, annonce le garçon en nouant un grand tablier blanc autour de ses reins.

M. Lefèvre ne lui accorde qu'un rapide coup d'œil. Il prépare un cochon de lait pour le repas de midi, puis épluche habilement les pommes et les oranges de la garniture avec les gestes précis d'un peintre ou d'un sculpteur.

Martin enfonce ses mains dans l'eau savonneuse. La corvée dure presque deux heures ; les mots de Clérard sifflent dans sa tête :

« Employé ! Domestique ! »

À la dernière assiette le garçon relève la tête et soupire enfin :

– J'ai fini.

Il regarde le cuisinier. Lefèvre aiguise un énorme tranchoir avant de découper et de mettre à rôtir un nouveau cochon de lait. Martin hésite : tant pis pour son rendez-vous ! Il glisse timidement :

– Je peux vous aider ? Je ferai très attention.

Lefèvre le dévisage, comme pour l'évaluer :

– Vas-y !

Martin soupèse la viande, lourde et agréable à manier. Ses mains habiles et rapides découpent, tranchent et nettoient tandis que son esprit se détend. S'il avait plus de temps, la cuisine deviendrait un des grands bonheurs de sa vie, un plaisir des doigts, des yeux et du nez.

Après le cochon de lait, l'orphelin commence une crème, pour montrer à M. Lefèvre qu'il s'y connaît aussi en pâtisserie. Il brise plusieurs tablettes de chocolat amer et les regarde fondre dans la casserole. Il sourit, hume la crème épaisse, ajoute un soupçon de vanille et lèche la grande cuillère de bois, comme un enfant.

– Tu ne t'y prends pas si mal, admet le cuisinier.

Martin ne répond pas, mais il rougit de plaisir.

– Je pourrais t'employer comme apprenti. Tu devrais y réfléchir.

– Ben… Je ne sais pas… marmonne l'orphelin en se grattant la tête.

– Je ne plaisante pas, insiste Lefèvre, je crois que tu es doué.

– Marmiton, c'est drôlement dur, non ? s'informe naïvement le garçon.

– Oui, reconnaît Lefèvre. Le travail est pénible, fatigant, mais plus tard, tu deviendras un bon cuisinier, tu inventeras tes propres recettes. Penses-y.

Martin se sent flatté. M. Lefèvre est un grand chef ! Pourtant, il hésite. Le groom des Quatre Saisons porte un bel uniforme. Il voit du monde. Il parle aux clients. Par contre, un marmiton ne quitte pas ses fourneaux.

Martin croit aux contes de fées et aux miracles. Peut-être qu'un jour il plaira à un client qui l'adoptera ? Il a parfois pensé que Mme Desmoulins, la mère de Marie-Décembre, le choisirait.

Mais ça n'arrivera pas s'il reste au fond des cuisines à éplucher des patates…

Accident ou attentat ?

Sa corvée terminée, Martin se hâte vers la sortie. Hélas ! M. Clérard lui barre de nouveau le chemin.

– J'ai fini, monsieur le directeur, affirme vivement le garçon.

L'offre du cuisinier l'a beaucoup impressionné. Il ne peut s'empêcher d'en parler :

– M. Lefèvre était satisfait. Il m'a même proposé de devenir son apprenti.

Le directeur blêmit. Il se penche vers Martin et siffle d'une voix rauque :

– Maudit gosse ! Petit intrigant ! J'ai bien vu ton manège avec la comtesse, mais tu ne seras jamais rien d'autre qu'un larbin, tu m'entends ?

Il se redresse, retrouve un semblant de calme et gronde :

– Décampe immédiatement.

Martin n'y comprend rien. Depuis ce matin, M. Clérard se montre particulièrement odieux. Il paraît soudain le détester, sans raison.

Le groom hausse les épaules. Il réfléchira plus tard. Il sort par la porte de service, se retrouve enfin rue des Quatre-Vents et fonce au triple galop. Il tourne le coin de la rue lorsqu'un garçon se dresse brusquement devant lui :

– Attends ! Je dois te parler !

– Pas le temps ! Je suis déjà en retard !

– C'est important ! insiste le jeune inconnu.

C'est un garçon de l'âge de Martin. Il

lui ressemble même vaguement : mince, blond, les yeux bleus. Il porte un jean délavé, des tennis éculées et un tee-shirt bleu.

– Bon, qu'est-ce que tu veux ?

– Ben… Je m'appelle Firmin, Firmin Lafleur. Tu me reconnais ? Je te vois passer presque chaque jour.

– Et alors ?

– Je travaillais dans le magasin de vêtements à côté, mais le patron m'a flanqué à la porte. Les affaires ne vont pas fort.

– Et alors ? répète Martin.

– Ils n'auraient pas besoin d'un autre groom, à ton hôtel ? Il faut absolument que je travaille.

Firmin tombe mal. Aujourd'hui Martin est de très mauvaise humeur à cause des humiliations infligées par Clérard. Il toise le garçon et répond d'une voix brève :

– Tu crois que je n'ai pas assez d'ennuis comme ça avec mon boulot ? Je ne te connais pas, moi ! Ton patron t'a peut-être viré parce que tu piquais dans la caisse ?

Firmin recule comme si Martin l'avait frappé. Mais ce dernier continue :

– D'ailleurs tu n'as aucune chance ! Les clients sont très exigeants. Il faut de la classe pour devenir groom.

– Ça va, ça va, j'ai compris, maugrée Firmin entre ses dents. T'es un champion et moi un minable.

Soudain, ses yeux s'écarquillent :

– Attention !

Une camionnette verte débouche à l'autre bout de la rue. Elle fonce sur Martin qui, pétrifié, ne bouge pas. Il entrevoit le conducteur à travers le pare-brise : un homme d'une trentaine d'années, blond, tête nue. Il a une tache de naissance sur la joue gauche et il porte une drôle de cravate vert pomme, qui rappelle un peu à Martin la couleur de son propre uniforme.

Firmin se jette sur le groom et le repousse si violemment que les deux garçons roulent ensemble sur le trottoir. Le véhicule disparaît à l'angle de la rue.

Martin se relève, les jambes flageolantes. Il fait doux au soleil. La rue des Quatre-Vents est un peu triste, comme toujours. Des moineaux virevoltent dans les arbres, la poussière danse dans le vent, brille sur les vitrines des magasins.

Martin a eu tellement peur que la lumière du printemps et le vert des platanes se voilent comme si la nuit, ou l'hiver, les effaçaient.

– Le conducteur ! Il… Il a voulu me tuer, bredouille le groom.

– Mais non ! affirme Firmin. Il a dû perdre le contrôle de son véhicule. Qui voudrait tuer des gens comme nous ?

– En tout cas, tu m'as sauvé la vie. Je regrette de t'avoir insulté, s'excuse Martin. Mais je ne pourrais pas t'aider même si je le voulais. Mon patron me déteste. Tu me crois au moins ?

– Ça change quoi ? rétorque Firmin.

Martin ne répond pas. Firmin lui tourne le dos et s'éloigne en direction de la place Saint-Sulpice.

Sombres pressentiments

Mehdi ben Mourad, le meilleur ami de Martin, est devenu l'employé d'un ancien client de l'hôtel, M. Sélim Sartahoui, qui a acheté une librairie rue Monsieur-le-Prince. Mehdi n'est pas très riche. Son père, un ouvrier, est mort depuis des années. Sa mère travaille en usine, elle aussi, et l'ancien marmiton rêve de l'aider.

Très ambitieux, le garçon profite de son travail à la librairie pour s'instruire. Louise-Louve l'aide de son mieux. Mehdi a même conquis l'estime du commissaire Langoisse, le père de son amie. Il s'agit d'un homme puissant qui travaille pour Interpol, la police internationale, et le jeune garçon compte beaucoup sur lui. Un jour, il deviendra aussi quelqu'un d'important. Il le veut, il le faut !

Martin adore le Quartier latin. Les ruelles étroites et les maisons grises et brunes, vaguement décrépies, évoquent le Moyen Âge. L'orphelin envie les étudiants qui bavardent devant l'université de la Sorbonne ou aux terrasses des cafés. Et il y a mille et une librairies ! Des petites et des grandes, des sérieuses et des farfelues, bourrées de dictionnaires ou de bandes dessinées, de magnifiques volumes d'art ou de livres de poche qui couvrent des rayonnages. Un rêve...

Martin s'arrête une seconde devant la porte de la boutique, le temps de reprendre son souffle. Il lit machinalement l'enseigne aux lettres noires :

LIBRAIRIE ORIENTALE
Romans. Poésie. Histoire

Martin pousse la porte et cligne des yeux pour s'habituer à la pénombre. La librairie ressemble à un labyrinthe de bois, d'encre et de papier. Des milliers de livres en tapissent les parois. Ils s'entassent aussi sur deux tables de bois sombre, envahissent les chaises et le plancher.

Mehdi a le teint mat, les yeux foncés, les cheveux noirs et bouclés. Debout sur un tabouret, il range des livres. Louise, son amie, est habillée en garçon, comme toujours. Elle est élève de première S au lycée mais rêve d'écrire des romans policiers. Elle a les yeux noisette et des cheveux bruns coupés à la diable sous son éternelle casquette de tweed. Avec sa chemise verte et son pantalon de velours, elle ressemble comme une sœur à Peter Pan.

– Tu es en retard ! lance Mehdi du haut de son perchoir.

– Quelqu'un a essayé de me tuer ! réplique Martin en se laissant tomber dans un vieux fauteuil coincé entre deux piles d'encyclopédies.

Mehdi dégringole presque de son tabouret tandis que Louise-Louve se redresse, les yeux brillants. Mehdi dévisage son ami. Martin est blanc comme un linge. Ses mains tremblent.

– Tu as l'air secoué. Raconte-nous tout.

Mehdi et Louise-Louve s'installent près de Martin. Le garçon blond examine machinalement les ouvrages empilés autour de lui : ils parlent d'algèbre et de littérature, des califes et de la civilisation arabe. Mehdi lit énormément depuis qu'il travaille pour M. Sartahoui. Il a décidé de préparer son bac par correspondance.

– Qui veut te tuer ? interroge Louise-Louve. Dis-nous ce qui s'est passé !

Martin raconte à ses amis l'épisode de la camionnette.

Mehdi et Louise-Louve se regardent, perplexes.

– Tu es sûr qu'il cherchait à te renverser ? s'effare Mehdi.

– Et si c'était simplement un chauffard ? suggère la fille du commissaire.

– Je me trompe peut-être, admet Martin, mais j'ai vraiment eu l'impression qu'il fonçait sur moi. Je me suis senti… menacé.

Martin est un drôle de garçon, très intuitif. Ses pressentiments se réalisent souvent. Pourtant, qui voudrait le tuer ?

Louise et Mehdi croient plutôt à un accident. Ils rassurent leur ami et Martin se laisse convaincre. Il observe Mehdi avec un peu d'envie.

– Tu es heureux ici ? lui demande-t-il doucement.

Mehdi contemple les livres innombrables qui recouvrent les murs et déclare gravement :

– Oui, ici je suis chez moi.

Louise sourit et caresse les cheveux bouclés de son ami. Martin éprouve un drôle de pincement au cœur. Mehdi le pâtissier vit au milieu des livres et lui, le fils de l'écrivain, travaille aux cuisines. Pourtant Martin est content pour son ancien camarade. Il repart vers les Quatre Saisons, à la fois apaisé et mélancolique.

Martin marche vite. Pas question d'arriver en retard. M. Clérard est d'assez mauvaise humeur. Il file le long de la rue des Quatre-Vents sans regarder les vitrines, mais se fige à quelques pas de l'hôtel.

Une camionnette de livraison stationne devant la porte à tambour. Elle ressemble terriblement à celle de ce matin : même modèle et même couleur, un magnifique vert pomme !

Intrigué et un peu effrayé, Martin s'approche et déchiffre l'inscription qui s'étale en grosses lettres noires sur le flanc du véhicule :

GASPARD & PÉLICAN

Fleuristes depuis 1868

Réceptions. Noces. Communions

Martin se gratte la tête. C'est sûrement une coïncidence. Il existe des centaines de camionnettes vertes dans Paris. Les riches clients des Quatre Saisons commandent souvent de magnifiques bouquets de fleurs. Lorsqu'une actrice, une cantatrice ou un mannequin célèbre loge à l'hôtel, ses admirateurs dépensent des fortunes en roses ou en orchidées.

À cet instant, le livreur regagne son siège. Martin ne le reconnaît pas. Il s'agit d'un homme presque chauve, au nez écrasé, très différent du conducteur de l'autre camionnette. Mais...

Sa cravate est la même ! Vert pomme, comme celle du chauffard.

Sauvé de justesse

Martin est seul aux Quatre Saisons. Il s'ennuie. Et pourtant le travail ne manque pas en cette saison. Des touristes du monde entier profitent de Paris et les plus distingués d'entre eux (c'est en tout cas ce que pense Martin) font la queue aux portes des Quatre Saisons. Le jeune groom reconnaît parfois un visage entrevu à la télévision :

des ministres étrangers à la recherche d'un peu de calme, des actrices qui fuient les caméras, un joueur d'échecs russe, un jeune peintre mexicain qui compose des fresques immenses sur les façades des immeubles...

Avant, Martin bavardait avec Mehdi, l'aidait même à laver la vaisselle ou à astiquer la cuisine. Désormais aucun garçon de son âge ne travaille plus à l'hôtel. Le nouveau plongeur est un homme mûr qui a exercé de nombreux métiers : caissier de grand magasin, réparateur de vélos, chauffeur de taxi, ouvrier en usine... Les deux apprentis qui secondent M. Lefèvre ont plus de vingt ans. L'un d'eux partira bientôt pour un palace de la Côte d'Azur et l'autre dans un hôtel de cure, à Vichy. Martin le remplacera peut-être, puisque M. Lefèvre le lui a proposé.

En attendant, le groom sert à boire aux clients, leur apporte messages, e-mails ou télégrammes.

– Un fax de Londres, monsieur.

– Une lettre recommandée, madame. Elle vient des États-Unis.

L'orphelin rêve de voyages, de la tour de Pise ou des pyramides, des Caraïbes ou des mers du Sud. Il songe à Marie-Décembre, si loin de lui, au Canada ou ailleurs...

Marie-Décembre la blonde, la plus jolie fille du monde ! Martin pense à elle tous les soirs, dans sa chambre minuscule, sous les combles de l'hôtel.

Elle reviendra, pour lui...

Mais quand ?

Ce jour-là, une mauvaise surprise l'attend : sa famille débarque à l'hôtel sans crier gare. Son oncle Richard Lerond, sa tante Hélène et Roger, son cousin, sont installés au beau milieu du salon des antipodes, le bar de l'hôtel.

L'oncle Richard est maigre et sec, la tante Hélène grosse et molle. L'oncle mordille un stylo, la tante transpire dans son tailleur du dimanche, Roger s'agite au fond d'un fauteuil Louis XV. Il a vingt-six ans. En principe, il vend des voitures d'occasion mais, en réalité, il traîne dans les bars. Il participe parfois à des compétitions sportives ou des rallyes : il possède un quatre-quatre et une moto de compétition offerts par ses parents. Il conduit plutôt bien...

Martin s'approche, indécis. Son oncle et sa tante ne lui rendent jamais visite. D'ailleurs, ils détestent quitter leur épicerie.

Le groom reste immobile, les bras ballants, vaguement mal à l'aise. Richard et Hélène Lerond l'enveloppent d'un regard aigu, scrutateur, qui lui rappelle curieusement celui de Clérard.

Martin n'oublie jamais son métier. Il doit traiter ses tuteurs et son cousin comme des clients ordinaires. Il s'incline donc très poliment devant eux et demande de sa voix douce :

– Vous désirez quelque chose ?

– Tu es bien poli, ricane Roger. Tu as l'air d'un légume, avec cet uniforme. Un vrai artichaut !

Martin rougit, humilié. Quand il était petit, il portait les vieux vêtements de Roger. Son cousin se moquait de lui et lui flanquait des taloches sous n'importe quel prétexte.

– Apporte-moi un whisky. En vitesse !

– Oui, monsieur, marmonne le groom entre ses dents.

Il se tourne vers son oncle et sa tante et répète :

– Que désirez-vous ?

– Un café, répond l'oncle Richard d'une voix distraite.

– Une tisane s'il te plaît, ajoute la tante Hélène.

Elle semble soucieuse et observe le garçon avec une expression pensive, un peu comme si elle ne l'avait jamais vu. Martin se demande vraiment ce qu'ils font là.

Il apporte les boissons sur un plateau d'argent.

À peine les a-t-il servies qu'il voit la comtesse de Garrivier approcher.

La vieille dame marche lentement, mais avec beaucoup de noblesse. Les clients de l'hôtel la saluent de loin, comme une souveraine.

M. Clérard apparaît un instant sur le seuil du salon des antipodes. Il pose un regard étrange, brûlant de fureur, sur Mme de Garrivier, puis sur Martin, comme s'il englobait le jeune groom et la comtesse dans la même haine...

La vieille dame ne le remarque pas. Elle s'avance vers les Lerond en souriant. Ils se lèvent gauchement pour l'accueillir. L'oncle Richard triture le bout de sa cravate entre ses doigts, la tante Hélène froisse nerveusement le ruban de son chapeau. Seul Roger ne bouge pas. Il fixe les instruments de musique et les armes exotiques accrochés aux murs avec des yeux inexpressifs.

– Bonjour Martin. Es-tu content de voir ta famille ?

– Heu oui... Bien sûr, madame la comtesse, marmonne prudemment le garçon.

Mme de Garrivier lui caresse gentiment la joue. Martin s'empourpre. Il a l'habitude de ce geste, mais devant les Lerond il se sent horriblement gêné.

– Ils ont de la chance de t'avoir, poursuit la vieille dame sans relever son trouble.

– Oui, madame, souffle le garçon.

– Sois gentil, Martin. Je dois parler à ta famille. Tu veux bien nous laisser ?

– Bien sûr, madame.

L'orphelin s'éloigne lentement, plus intrigué que jamais. Ainsi, c'est Mme de Garrivier qui a convoqué sa famille.

Les Lerond partent une heure plus tard sans reparler à Martin.

Avant de regagner sa suite, la comtesse lui sourit de loin, comme pour lui faire une promesse.

Martin meurt de curiosité, mais il n'a guère le temps de réfléchir. Il apporte une demi-douzaine de boîtes de cigares différents à un architecte libanais qui exige une nouvelle marque de havanes toutes les cinq minutes.

Ensuite il passe plus d'une heure à aider les trois filles d'un pianiste australien qui classent leur collection de timbres rares.

Elles le sonnent sans arrêt pour qu'il colle des oiseaux russes ou des serpents congolais dans de grands albums. Et après, elles rient derrière son dos. C'est exaspérant.

Marie-Décembre aussi se moque parfois de lui… mais ils s'aiment. Ce n'est pas pareil !

En fin d'après-midi, Nicolas Brandicourt, le secrétaire particulier de M. Clérard, le convoque dans son bureau.

Brandicourt est jeune, guère plus de vingt ans, et gonflé d'importance. Depuis que Martin travaille à l'hôtel, il le traite avec une politesse glaciale, méprisante. Il toise Martin comme s'il cherchait une tache de graisse sur son uniforme, puis lui tend une enveloppe.

– Tiens. Va chercher cette commande chez Gaspard et Pélican.

– Les fleuristes de la rue Palatine, derrière la place Saint-Sulpice ? demande Martin brusquement méfiant.

Tendu, il repense à la camionnette verte. Elle reste un mauvais souvenir, même s'il s'agissait d'un accident.

– Dépêche-toi, continue Brandicourt sans remarquer son trouble. Apporte-leur ce pli et on te donnera en échange une orchidée pour la princesse Dévradine. C'est très urgent et tous leurs livreurs sont en course.

Martin hoche la tête. La princesse Dévradine, une fidèle cliente de l'hôtel, adore les fleurs rares. Des dizaines de jardiniers travaillent pour elle dans ses châteaux d'Angleterre et d'Irlande, de France et d'Italie.

– Entendu, monsieur ! déclare le garçon en saisissant l'enveloppe.

Martin sort par la rue des Quatre-Vents et flâne jusqu'à la place Saint-Sulpice. Il fait très beau ; il oublie ses soucis et sifflote, heureux de cette promenade imprévue. C'est la Foire de printemps et, comme chaque année, les nombreux antiquaires du quartier ont installé des boutiques de fortune autour de la grande fontaine blanche. La place ressemble à la fois à une galerie d'art et à un marché aux puces.

Les vendeurs proposent de vieilles boîtes de biscuits et des statuettes d'ivoire, des médailles militaires ou des livres illustrés de Jules Verne.

Martin le rêveur imagine de grands bateaux à voiles sur la Seine et d'immenses ballons multicolores dans le ciel de Paris. Ils survolent la tour Eiffel et se posent devant Notre-Dame.

Le garçon s'engage rue Palatine, une ruelle étroite et déserte. Il fronce les sourcils et se retourne plusieurs fois, vaguement inquiet.

Quelqu'un le suit.

Un homme, jeune, en blouson de cuir noir. Un casque de moto cache son visage. Bizarre... Pourtant Martin a l'impression de le connaître.

Soudain, un autre homme surgit devant Martin et le frappe à la tête. Le jeune groom pousse un cri de douleur et tombe à genoux. Les réverbères et les façades tournoient autour de lui.

Le garçon lève les yeux. Son agresseur porte une cravate verte, il a une tache de naissance sur la joue gauche. C'est l'homme de la camionnette, celui qui a essayé de l'écraser quelques jours plus tôt ! Il brandit un cric…

L'inconnu au casque de moto se précipite vers l'homme à la cravate verte qui se fige, surpris, puis l'affronte.

Un coup de poing au creux de l'estomac, suivi d'un terrible coup de casque au menton, et l'agresseur à la cravate verte s'enfuit sans demander son reste.

Le motard s'approche de Martin, se penche vers lui, ôte son casque : c'est Roger Lerond, son cousin.

– Tu ne t'attendais pas à me voir, hein ?

Martin tente de se relever, mais sa tête tourne. Roger Lerond a juste le temps de le rattraper avant qu'il s'évanouisse.

Le dernier poème

Martin tourne en rond dans sa chambre, une petite pièce aux murs blancs. Elle ressemble un peu à une cellule de moine, mais la fenêtre s'ouvre sur le jardin et les arbres du printemps.

Deux attaques en quelques jours… Il n'y a plus de doute : un employé de Gaspard et Pélican cherche à le tuer.

Martin doit la vie à Roger, son cousin. Mais ça aussi, c'est bizarre. Leur conversation a été curieuse, vraiment déconcertante.

Martin s'est retrouvé assis sur un banc de la rue Palatine avec une bosse énorme sur le crâne. Roger le regardait d'un air gêné. Presque coupable...

– Ça va, l'artichaut ?

– Oui, oui. Tu m'as sauvé. Merci.

Roger a marmonné quelque chose entre ses dents. Massif, bourru, il ressemblait vaguement à un ours. Il a haussé les épaules et grogné :

– Je t'ai sauvé parce que... Je t'ai sauvé, c'est tout. Je dois partir.

– Attends ! Et le type, où est-il ?

– Il a filé pendant que je m'occupais de toi.

– Mais tu ne peux pas t'en aller comme ça. Il faut avertir la police.

Roger a baissé les yeux.

– Écoute... Attends un peu. Juste un peu, d'accord ? Tu me dois bien ça. D'ailleurs tu raconterais quoi à la police ?

Martin se sent horriblement mal. Il n'a qu'une envie : rentrer à l'hôtel le plus vite possible, oublier la police et le reste du monde. Roger, lui, s'efforce de sourire.

– Bonne chance, Martin. Artichaut ou pas je t'aime bien, au fond.

Ce matin, Martin va beaucoup mieux. Sa bosse a presque disparu ! Il est en sécurité dans sa petite chambre, tout en haut de l'hôtel. Le vieux bâtiment craque pendant la nuit et l'orphelin a parfois l'impression qu'il lui parle, lui murmure des promesses.

Pourtant, le garçon regrette une fois de plus l'époque où Mehdi travaillait avec lui. Maintenant il vit de son côté, il oublie un peu son ami. Il manque beaucoup à Martin.

Et Marie-Décembre aussi… Encore plus ! Martin frissonne et serre ses bras contre son corps. Il se sent vraiment abandonné.

Il essaie de rassembler ses idées et son courage. Il doit comprendre ce qui lui arrive. Réfléchir. Récapituler. Il se parle à voix haute pour combattre le silence.

– Un : M. Clérard est bizarre. D'habitude il me remarque à peine, mais maintenant il me hait.

Deux : un inconnu essaie de me tuer. Il travaille pour Gaspard et Pélican.

Trois : Roger me sauve la vie, mais il me demande de ne pas avertir la police. Que fabriquait-il dans le quartier ? Il me suivait, peut-être... Mais pourquoi ?

Quatre : si Roger me suit, est-ce en rapport avec la visite de l'oncle et de la tante ? Pourquoi la comtesse les a-t-elle rencontrés ?

Le garçon s'assoit sur son lit et grimace.

– Il ne peut rien m'arriver à l'intérieur de l'hôtel. Aujourd'hui, je ne quitte pas les Quatre Saisons. Et demain, j'ai congé. J'irai chez Louise-Louve et je parlerai à son père. Tant pis pour Roger !

L'orphelin attend avec impatience l'appel quotidien de la comtesse de Garrivier. Il apprécie sa gentillesse. Mais il ne lui parlera pas de l'inconnu en cravate verte. Elle semble déjà si faible.

L'heure venue, il frappe doucement à la porte.

– Entre, Martin.

Mme de Garrivier est assise dans son fauteuil favori.

Martin jette un coup d'œil vers le guéridon. Il voit le livre de Baudelaire, un verre d'eau, un éventail fragile qui date peut-être du XIXe siècle, le petit flacon de pilules vertes et enfin une vieille photographie dans un cadre d'argent. Elle représente un homme de trente ou trente-cinq ans. Il porte un uniforme blanc et une casquette d'officier de marine. L'orphelin se demande de qui il s'agit.

La comtesse a suivi son regard.

– C'était mon mari, explique-t-elle. Il est mort il y a des années, pendant la guerre d'Indochine. Il était officier, comme tous les hommes de sa famille. Nous n'avons jamais eu d'enfants.

– Je suis désolé, madame, murmure le garçon.

– Ça ne fait rien. Arrange le feu. Ensuite, tu me liras un poème.

– Bien sûr, madame…

Les bûches flambent dans la cheminée, comme en hiver. Martin s'assoit et lit :

C'est la mort qui console, hélas ! et qui fait vivre ;
C'est le but de la vie et c'est le seul espoir…

Sa voix est claire et calme. La comtesse l'écoute, immobile.

Dehors, un chat en maraude miaule du haut d'un marronnier. Des papillons multicolores survolent la fontaine. Des enfants courent dans les rues. L'hôtel évoque un manoir, à la campagne…

Martin continue d'un ton posé :

… À travers la tempête, et la neige, et le givre,
C'est la clarté vibrante à notre horizon noir ;
C'est l'auberge fameuse inscrite sur le livre,
Où l'on pourra manger, et dormir, et s'asseoir[1]*…*

L'enfant s'interrompt. Mme de Garrivier murmure d'une voix douce, déjà éteinte :

1. *La Mort des pauvres*. Charles Baudelaire, *Les Fleurs du mal.*

– Je t'aime beaucoup, Martin. Tu m'aides à finir ma vie.

Elle lui caresse la joue et souffle :

– Je te fais deux cadeaux...

Elle regarde la photographie de son mari dans le cadre d'argent et répète :

– Je t'aime beaucoup...

Le garçon ne sait pas si elle lui parle, ou si elle s'adresse à l'officier mort depuis si longtemps.

Elle ferme les yeux et se détend.

Martin soupire et quitte la pièce sur la pointe des pieds.

Le testament de la comtesse

Mme de Garrivier est morte. Elle est morte pendant son sommeil, peu après le départ de Martin. Une femme de chambre l'a découverte, affaissée dans son fauteuil. Le feu brûlait toujours.

Martin apprend la nouvelle par hasard : M. Cartier, qui s'occupe du bar, en parle devant lui à Brandicourt, le secrétaire de

M. Clérard. Un peu plus tard, un médecin prend discrètement l'ascenseur.

Et ce jour-là, pour la première fois depuis plus de quarante ans, la suite numéro un est vide.

Martin continue son travail, très calme en apparence. Il remonte le balancier de l'horloge, nettoie les miroirs embués, classe des lettres et des télégrammes. Mais son service terminé, il se précipite dans sa chambre, se jette sur son lit et éclate en sanglots. Il pleure longtemps, le visage enfoui dans son oreiller. Le voilà plus seul que jamais. La comtesse est morte. Mehdi et Louise-Louve sont heureux ensemble. Son oncle et sa tante le détestent. Marie-Décembre l'a sûrement oublié. Elle n'écrit pas. Elle ne reviendra plus !

La mort de la comtesse attriste tellement Martin que, les jours suivants, il néglige de parler des agressions au commissaire Langoisse. D'ailleurs, le tueur ne se manifeste plus. Martin quitte rarement l'hôtel et regarde derrière lui quand il marche dans la rue.

Une semaine plus tard, Martin reçoit une lettre inattendue, un document officiel envoyé par un notaire, un certain maître Lemine. Il s'agit d'une convocation pour le surlendemain, à neuf heures. Martin est très intrigué.

L'étude du notaire occupe un étage entier dans un bel immeuble en pierre, non loin des Champs-Élysées. Les parquets cirés brillent doucement. D'énormes volumes de droit s'alignent le long des murs.

Maître Lemine est grand et mince, très élégant. Il accueille lui-même Martin de plus en plus étonné. Une fois dans le bureau du notaire, le garçon s'arrête net, stupéfait : le commissaire Langoisse et Richard Lerond, son oncle, sont déjà là. Ils l'attendaient.

– Asseyez-vous donc, jeune homme, suggère maître Lemine.

Martin obéit machinalement. Le notaire s'installe en face de lui, consulte brièvement un dossier et déclare sans préambule :

– Je vous ai convoqués suite à l'ouverture du testament de la comtesse Emmeline de Garrivier.

Martin, abasourdi, n'ose pas bouger. Il porte son seul costume correct, celui des grandes occasions, dans lequel il se sent à l'étroit, et sa cravate bleue, celle qui l'étrangle.

Maître Lemine lit le testament à voix haute. Cela dure très longtemps. Rien que des mots compliqués et des phrases interminables. Martin entend parfois son nom mais il n'y comprend rien.

Le commissaire Langoisse semble préoccupé. L'oncle Richard hoche la tête à petits coups répétés.

Maître Lemine se tait enfin et dépose le testament sur son bureau. Martin se gratte furtivement le bout du nez. Il desserre discrètement son nœud de cravate.

Le silence s'installe puis Langoisse toussote poliment et demande :

– Donc, maître, pour résumer…

Le notaire toussote à son tour et déclare :

– Mme de Garrivier a modifié son testament il y a deux mois. Son légataire universel est désormais…

Le notaire hésite, regarde de nouveau Martin et achève d'une voix neutre :

– ... Martin Malivert, mineur, orphelin, employé comme groom à l'hôtel des Quatre Saisons.

Le garçon sursaute, incrédule. L'oncle Richard transpire et s'agite sur sa chaise. Il louche vers son neveu comme pour l'avaler tout cru. Il glapit sans pudeur :

– Ça fait beaucoup d'argent ?

Martin se crispe de dégoût. Le notaire pince les lèvres. Il ne semble guère apprécier l'épicier. Il énumère :

– Un hôtel particulier à Bourg-Larchet, une maison à Bordeaux, plusieurs fermes en Aquitaine et en Vendée et une somme assez considérable en actions et obligations diverses. Le tout permet de conserver, si l'héritier le désire, et malgré les frais de succession, le bien principal.

Martin patauge, mais l'oncle Richard s'humecte les lèvres et répète fébrilement :

– Le bien principal...

– Il s'agit de l'hôtel des Quatre Saisons, continue maître Lemine. Le défunt comte de Garrivier l'a légué à son épouse il y a une quarantaine d'années.

– L'hôtel ! L'hôtel lui appartenait ? balbutie Martin.

Le notaire joue machinalement avec un coupe-papier d'ivoire.

– En effet. Très peu de personnes le savaient. Elle occupait l'une des suites depuis la mort de son mari, comme une cliente ordinaire. Elle n'avait ni enfants ni famille proche.

– Mais pourquoi moi ?

Richard Lerond hausse les épaules. Il s'en moque ! Seul l'argent de Martin l'intéresse. L'orphelin se demande avec une brusque méfiance s'il ne compte pas lui voler cette fortune, d'une façon ou d'une autre.

– Pourquoi moi ? répète l'orphelin.

– J'ai posé la même question à la comtesse, répond maître Lemine en dévisageant pensivement Martin. Elle vous trouvait gentil, patient.

– Je me sentais bien avec elle, souffle le garçon, ému.

Le notaire lui sourit avec bienveillance.

– Vous l'avez beaucoup aidée, même sans le savoir. C'était une femme très seule…

Martin baisse la tête. Il a toujours aimé les belles histoires mais aujourd'hui, brutalement, le conte de fées se réalise au prix de la vie de Mme de Garrivier. C'est trop triste.

L'oncle Richard transpire de plus en plus. Il insiste d'une voix rauque et avide :

– Alors Martin possède l'hôtel ?

– Presque… hésite maître Lemine.

– Comment ça, presque ? gargouille l'épicier. Il hérite, oui ou non ?

Le notaire et le commissaire Langoisse échangent un drôle de regard. L'homme d'Interpol, qui n'a encore rien dit, explique d'une voix grave :

– Eh bien… Les formalités exigeront un certain temps. De plus, l'héritier étant mineur, le juge des tutelles doit se concerter avec la famille.

– La famille, c'est nous ? grommelle l'oncle Richard.

– Exactement : Richard et Hélène Lerond, l'oncle et la tante de l'héritier.

– Très bien ! triomphe l'épicier.

Martin frémit intérieurement. L'oncle se redresse et clame, la moustache en bataille :

– On s'arrangera !

Le notaire hésite de nouveau :

– Et enfin il reste le douloureux problème qui motive la présence du commissaire. Le décès de Mme de Garrivier n'est peut-être pas... naturel.

L'oncle Richard se fige. Martin frissonne. Langoisse passe pensivement son pouce sur sa joue et reprend la parole :

– La mort subite de Mme de Garrivier a intrigué l'un de ses parents éloignés, qui aurait hérité si elle n'avait pas modifié son testament en faveur de Martin. Maître Lemine m'a alors alerté. Il sait que je connais bien l'hôtel des Quatre Saisons. D'après son médecin, Mme de Garrivier est morte d'un arrêt cardiaque. Elle a probablement abusé de ses petites pilules vertes. Martin, tu connaissais ces pilules, n'est-ce pas ?

– Oui.

– Il existe plusieurs possibilités, affirme le commissaire. La mort peut être naturelle, ou accidentelle. À moins qu'elle ne soit volontaire. La comtesse se savait très malade. Elle souhaitait peut-être abréger ses souffrances. Mais elle n'a laissé aucune lettre d'adieu. Il reste une dernière hypothèse : le meurtre.

Martin se tait, très pâle. Son oncle blêmit.

– Le meurtre, répète Langoisse, même si je n'y crois guère. Il y a deux héritiers. Toi, Martin, et ce parent éloigné qui, sans toi, aurait reçu la fortune de Mme de Garrivier. Connaissais-tu le testament ? La comtesse t'en avait-elle parlé ?

– Non ! Jamais ! proteste le jeune groom.

– Vous n'avez pas le droit de penser ça ! crie l'oncle Richard en se levant. Mon neveu est incapable d'un tel crime !

Martin le regarde avec une profonde surprise et beaucoup de reconnaissance. Finalement, son oncle l'aime peut-être un peu…

L'épicier ébouriffe les cheveux blonds du garçon. C'est un geste affectueux. Et pourtant l'orphelin recule instinctivement.

L'épicier se tourne vers Langoisse :

– Martin est innocent. Qui est ce parent éloigné ?

Le notaire, embarrassé, remue un instant son coupe-papier et révèle :

– Charles André Anselme Clérard était le petit-neveu de Mme de Garrivier et son unique héritier... s'il n'y avait pas eu de testament en faveur de Martin Malivert.

L'orphelin sursaute, bouleversé.

CLÉRARD !

Le retour de Marie-Décembre

Martin se retrouve dans la rue, étourdi, incrédule. Il marche droit devant lui, les oreilles bourdonnantes. Mille sentiments contradictoires le submergent : la surprise et le chagrin, la joie et la peur…

Mme de Garrivier l'aimait comme un petit-fils, lui, l'orphelin. Mais elle est morte.

À la sortie de l'étude du notaire, il a retenu le commissaire Langoisse et lui a enfin tout raconté : l'accident rue des Quatre-Vents et l'agression derrière la place Saint-Sulpice, la camionnette verte et l'homme à la cravate assortie.

– Tu me préviens bien tard, a déclaré le commissaire. C'est peut-être lié à cet héritage. De toute façon j'enquêterai chez ces fleuristes, Gaspard et Pélican.

Martin a confiance en lui. Ludovic Langoisse saura le protéger et prouver son innocence.

La voix pâteuse de son oncle interrompt ses pensées :

– Courage Martin ! Ta tante et moi te défendrons. Nous engagerons des avocats, s'il le faut.

Martin prend le métro jusqu'à la place de l'Odéon. Il est encore tôt et il aime le spectacle de la rue de Seine, le matin. Les garçons-bouchers portent d'énormes quartiers de viande sur leurs épaules. Un coup de froid pose une goutte de vie dans l'œil des lièvres ou des chevreuils pendus aux étalages. Les fruits brillent aussi, comme des bijoux de printemps. Le pain frais sent bon derrière les portes des boulangeries.

Martin sursaute : quelqu'un lui frappe amicalement sur l'épaule.

– Hé, le groom ! T'es en civil aujourd'hui ?

L'orphelin se retourne, surpris, et reconnaît Firmin Lafleur. Il porte des vêtements d'ouvrier maçon : une salopette blanche et une grosse chemise grise. Il a un chapeau de papier sur la tête et de larges taches de plâtre sur les mains et les joues.

– Ça va ? s'informe Martin, content de le revoir. Tu as trouvé du travail ?

– Pas vraiment, réplique l'autre avec une moue résignée. Je bosse dans un immeuble en construction, là, au coin. C'est juste pour deux ou trois jours. Dommage que ton patron ne puisse pas m'engager...

– Oui, dommage, approuve machinalement Martin.

Il s'empourpre brusquement. Maintenant, le patron, c'est lui.

Il n'y avait pas encore songé. Le propriétaire des Quatre Saisons peut augmenter les femmes de chambre, les bagagistes, M. Lefèvre, le chef-cuisinier, ou embaucher un nouveau groom, ou... même flanquer Clérard à la porte une fois pour toutes.

Martin grimace, indécis. Ce n'est sûrement pas aussi simple. Mais il est quand même le patron.

– Hé ! À quoi penses-tu ? lui demande Firmin. T'as l'air tout drôle.

Martin secoue la tête avec embarras, un peu honteux de son secret. Il est riche, maintenant. Le groom comprend avec une certaine frayeur que l'argent donne du pouvoir. Le pouvoir d'aider les gens, ou de les faire souffrir.

Martin retourne à l'hôtel, rêveur. Il passe par l'entrée de service, remonte dans sa chambre, enfile vite son uniforme, redescend...

Et là...

Il se fige, stupéfait.

Il n'ose même plus respirer. Marie-Décembre est debout au milieu du salon des cygnes.

Marie-Décembre, blonde et bleue, pareille au printemps. Ses cheveux dorés brillent comme du miel, ses yeux turquoise miroitent comme l'eau d'un lac.

Martin s'approche de son amie et, pour la première fois, il l'embrasse sur les deux joues, là, parmi les clients. Certains sourient et d'autres froncent les sourcils, mais le garçon s'en fiche !

– Bienvenue à Paris.

– Bonjour Martin.

– Quand es-tu arrivée ?

Le jeune groom examine machinalement les bagages de la jeune fille. Elle n'a qu'une seule valise. D'habitude les Desmoulins, mère et fille, voyagent avec cinq ou six malles.

– Ta mère n'est pas là ?

– Non. Je suis venue seule. Je suis arrivée ce matin.

– Ce matin ? Seule ? répète-t-il sans comprendre.

Marie-Décembre lui tend une lettre :

– Voilà pourquoi.

Martin regarde au bas de la page et reconnaît la signature de la comtesse : Emmeline de Garrivier.

Il entraîne son amie à l'écart, dans le salon du capricorne, la petite bibliothèque octogonale des Quatre Saisons.

– De quand date cette lettre ?

– Lis-la, insiste Marie-Décembre. Maman l'a reçue il y a quelque temps.

Martin, très ému, déchiffre l'écriture régulière de la comtesse.

La lettre est courte. Le groom passe rapidement les formules de politesse.

Je mourrai bientôt. Les médecins me condamnent et je refuse de souffrir pendant de longues semaines. Je choisirai donc l'instant de ma mort.

J'apprécie beaucoup Martin Malivert. Je sais qu'il aime profondément votre fille. Je souhaite qu'elle le réconforte après ma disparition. Il se sent seul, abandonné. Je vous demande de permettre à Marie-Décembre de revenir à Paris pour l'aider lorsque j'aurai quitté ce monde.

Martin frissonne. La feuille de papier tremble dans sa main. Il entend de nouveau les paroles de la comtesse :

« Je te ferai deux cadeaux… »

– Oui, deux cadeaux, répète lentement le garçon. D'abord l'hôtel et puis… toi. Ta présence. Tu es là pour moi, grâce à elle.

La jeune fille le regarde sans mot dire. Martin avance la main et lui caresse timidement la joue comme la comtesse caressait la sienne. Marie-Décembre. Son amie, son amour.

Martin examine l'enveloppe, vérifie le cachet de la poste et constate :

– La lettre est partie il y a plus d'une semaine.

– Ma mère est restée au Canada, mais elle m'a permis de venir te voir, explique Marie-Décembre.

Elle cligne de l'œil :

– Tu lui as compliqué la vie à notre dernière visite, mais finalement elle t'apprécie beaucoup.

Martin rougit.

La mère de son amie le fascine depuis longtemps. Alexandrine Desmoulins se déplace à travers le monde comme une reine entourée de sa cour. Elle transporte avec elle d'innombrables valises, des manteaux de fourrure, des flacons de parfums aux formes bizarres... et parfois des bijoux ou des pierres précieuses venus d'on se sait où. Mme Desmoulins est une aventurière de grande classe et nul ne sait vraiment d'où elle tire son argent...

– Alors ? demande Marie-Décembre d'une voix redevenue grave. La comtesse est vraiment morte ?

– Oui, répond Martin. Des soupçons pesaient même sur moi, mais cette lettre prouve mon innocence. Et maintenant je suis digne de toi. Je suis riche !

– Riche ? Qu'est-ce que ça signifie ?

– Je t'expliquerai plus tard ! promet Martin. Assieds-toi, s'il te plaît !

– Heu... Bon, d'accord, marmonne Marie-Décembre, perplexe.

Martin l'abandonne et fonce au bar comme une fusée. Il jongle avec les bouteilles, les carafes et les tire-bouchons avant de choisir le plus beau de ses plateaux d'argent et le verre le plus brillant des armoires. Il l'emplit de menthe à l'eau.

Il s'agit d'une tradition entre le jeune groom et la jolie Canadienne. Quand elle arrive à Paris, Martin lui offre une boisson de la couleur de son uniforme. Le groom des Quatre Saisons porte une tenue bleue en été, rouge en automne, blanche en hiver et enfin verte au printemps. Verte comme la menthe !

Marie-Décembre prend le verre, le soulève en souriant à son ami.

– À ton avenir, Martin !

Le garçon pousse un profond soupir. Il est triste puisque Mme de Garrivier est morte... mais heureux grâce à elle car Marie-Décembre est de retour.

Danger au canal Saint-Martin

Martin parle à Marie-Décembre de son étrange héritage.

– Tu verras, lui promet l'orphelin, ta vie changera autant que la mienne. Nous voyagerons ensemble, comme mon père et ma mère quand ils vivaient encore. Je t'emmènerai en Asie, en Afrique, en Amérique…

– Et maman ? demande Marie-Décembre d'une voix malicieuse.

– Ben... Elle s'occupera de l'hôtel, assure le groom sur le même ton. Quand on reviendra, elle nous fera la cuisine ! Elle nous apportera des croissants au petit déjeuner !

– Peut-être, mais je préférerai toujours la menthe que tu prépares, répond gentiment la jeune Canadienne.

Martin n'y croit pas encore ! Marie-Décembre est là, près de lui, avec ses mains douces et son rire clair. L'amie du souvenir, la princesse de ses rêves...

Elle efface le chagrin, éloigne la peur. Martin oublie presque l'assassin qui le traque et la haine de Clérard, ses insinuations.

Dès le lendemain matin, il confie au commissaire Langoisse la lettre qui l'innocente. Le père de Louise-Louve n'a d'ailleurs jamais cru à sa culpabilité. Il l'informe des progrès de l'enquête.

– Mes hommes ont interrogé les employés du fleuriste. Le chauffeur qui a voulu te tuer est en fuite. Il s'appelle Vincent Carrier, explique le policier. Il travaillait depuis six mois comme livreur chez Gaspard et Pélican, mais il possède un lourd casier judiciaire. Il a déjà passé huit ans en prison pour effraction, coups et blessures, incendie volontaire, chantage… Quelqu'un semble l'avoir engagé pour t'abattre, mais j'ignore encore qui et pourquoi, avoue le commissaire.

– Il a peut-être renoncé ? suggère Martin. Il n'est plus rien arrivé depuis quelques jours.

Le commissaire hoche pensivement la tête. Martin a l'impression que Langoisse lui cache une partie de la vérité.

Martin consacre tout son temps libre à son amie. Mehdi et Louise-Louve les rejoignent parfois, mais il n'est plus jaloux de leur complicité.

Grâce à Marie-Décembre !

Il essaie d'éviter M. Clérard. S'ils se croisent dans les couloirs de l'hôtel, le jeune groom rase les murs. Le directeur, livide, passe sans lui accorder un regard.

Martin le soupçonnerait volontiers d'avoir engagé Carrier pour l'empêcher d'hériter de la comtesse en le supprimant avant qu'elle ne meure. Mais, dans ce cas, le danger est écarté : Mme de Garrivier décédée ne peut modifier son testament, Clérard n'a plus d'espoir. Il est donc injuste de l'accuser, surtout sans preuve.

Martin a congé le premier mai. Il passe une partie de la journée avec Marie-Décembre, mais l'après-midi celle-ci accompagne Louise à Aquaboulevard. Au programme : toboggans et piscine à vagues. Les deux filles s'entendent plutôt bien.

L'orphelin s'accorde alors une longue promenade solitaire dans Paris. Il marche au hasard et, lorsqu'il s'approche de la place de la République, il entend des airs d'accordéon et des slogans politiques : c'est le grand défilé des travailleurs.

Il fait très beau. Des enfants se baladent en rollers ou sur des skates, des marchands ambulants grillent des saucisses en plein air.

Des hommes et des femmes chantent sous des pancartes et des banderoles aux lettres rouges. Un petit vendeur de muguet hèle gaiement Martin :

– Et alors, le blond ? T'as pas d'amoureuse ?

Martin pense à Marie-Décembre. Il sort deux euros de sa poche et achète un brin de muguet. Le jeune vendeur cligne de l'œil et fait joyeusement sauter la pièce dans sa main.

Martin regarde le défilé, ses fleurs à la main. Des hommes l'appellent pour qu'il rejoigne le cortège. Le garçon hoche la tête en souriant. Sa promenade se termine non loin de chez Mehdi, au bord du canal Saint-Martin.

Le soleil rougit le crépuscule. Des traînées de brume flottent sur l'eau. Le ciel passe lentement du bleu au rouge, puis se teinte d'un vert étrange, un vert intense et magnifique qui envahit le canal, les façades blanches et les toits gris. Le muguet, dans la main du garçon, ressemble à une fleur d'émeraude.

Martin se raidit brusquement. Il devine une présence derrière lui.

Il veut se retourner... Trop tard ! Quelqu'un le frappe sur la nuque. La douleur éclate dans sa tête comme une bombe.

Il tombe à genoux et lâche son brin de muguet qu'un coup de vent emporte. Le garçon tente de se redresser mais l'ombre, derrière lui, le frappe de nouveau.

Martin vacille comme un aveugle. Le quai est désert. Il n'y a pas de témoins. Quelqu'un le saisit par la taille, le hisse par-dessus la rambarde et le précipite dans le canal. Martin coule. Il glisse dans l'eau froide et sombre, noire et verte.

Martin nage longtemps, perdu entre le ciel et l'eau, la vie et la mort.

Il lutte, aidé par les coups de fouet de l'eau glacée qui le raniment brutalement. Il s'obstine à vivre, lui, l'orphelin, l'enfant perdu. Peut-être qu'un autre céderait, se noierait sans combattre. Mais pas Martin ! Il s'acharne, tandis que des images surgies de son passé défilent devant ses yeux : ses parents dans le jardin de leur maison, en Bretagne, les livres et les fleurs auxquels ils tenaient tant, son premier uniforme de groom, son arrivée aux Quatre Saisons, l'amitié de Mehdi, l'affection narquoise de Louise-Louve, la tendresse de Mme de Garrivier, et sa rencontre avec Marie-Décembre... Il l'aime plus que jamais ! Il doit vivre, pour elle !

Les vrais coupables

Martin a l'impression que son combat dure une vie entière... Il surmonte le choc qui l'a étourdi, s'arrache au piège du courant et nage vers l'escalier qui rejoint le quai de Jemmapes.

Il s'agrippe aux pierres glissantes et monte péniblement les marches, comme s'il escaladait une montagne à chaque pas.

Martin se fige brusquement, interdit. Roger Lerond est là, qui l'attend sur le quai désert.

– Qu'est-ce que tu fais ici ? murmure le garçon.

Roger cligne des yeux. Il est très pâle. Ses lèvres tremblent. Ses mains aussi.

– Eh bien... tu l'as échappé belle, marmonne-t-il d'une voix rauque.

– Qu'est-ce que tu fais ici ? répète Martin.

Roger se passe la main sur le front et affirme :

– Je... je te suivais.

– Pourquoi ?

– Je te protège !

– De quoi ?

– C'était Clérard, ton directeur ! Je l'ai vu ! Il est arrivé derrière toi. Il t'a frappé, il t'a poussé à l'eau !

Martin secoue la tête, se frotte les yeux. Il a du mal à rassembler ses idées.

– Alors j'avais raison ? Je le soupçonnais ! Mais ça n'a pas de sens. Même si je meurs maintenant, Clérard n'héritera plus.

– Je sais, mon père m'a tout raconté, explique Roger. Je crois...

Il hésite, comme s'il cherchait ses mots, puis hausse les épaules.

– Je crois que Clérard essaie de faire annuler le testament de la vieille. C'est ça ! Il pense sûrement que ce sera plus facile si tu disparais !

– Peut-être... admet Martin.

Le canal coule comme un fleuve d'ombres. Les gens dansent encore sur la place de la République. Martin entend des cris et des rires, des airs de rap et des coups de trompette.

Son cousin se rapproche de lui, les yeux brillants...

– Il te déteste. Il te hait ! insiste Roger. Il veut que tu meures de toute façon.

Roger pose lourdement sa main sur l'épaule de Martin qui vacille. Roger ressemble plus que jamais à un ours.

– Ne t'en fais pas, l'artichaut ! Je te protège ! C'est pour ça que j'étais là. Mes parents se méfient de Clérard. Ils m'ont demandé de te suivre discrètement jusqu'à ce que l'affaire s'éclaircisse.

Il se tord nerveusement les mains, comme si elles le brûlaient. Il les tend vers Martin, puis recule. Un air d'accordéon éclate près d'eux. Des jeunes gens envahissent le quai en chantant à tue-tête.

Roger sursaute. Il pâlit davantage et entraîne Martin.

– Viens. Ma moto est là. Tu dois te sécher. J'ai une serviette dans mes affaires, sur le porte-bagages.

Martin le suit en éternuant. Il accepte la serviette avec reconnaissance.

– J'utilise cette moto pour les rallyes, explique Roger pendant que son cousin s'essuie comme il peut. Monte derrière moi. Je te ramène.

La moto traverse Paris. La ville est calme, les rues sont vides. La brise caresse les arbres. Les pavés brillent comme des galets. Mais au bout d'un certain temps, l'itinéraire choisi par Roger intrigue Martin...

– Nous n'allons pas aux Quatre Saisons ? crie-t-il par-dessus l'épaule de son cousin.

– Il vaut mieux rejoindre mes parents à Créteil !

Roger a sûrement raison. Pourtant l'orphelin sent son cœur se serrer.

Le pavillon jaunâtre des Lerond est perdu au milieu de grands immeubles de béton. Martin a grandi ici, à côté du jardinet bien clos, de l'épicerie et de ses boîtes de conserve.

Roger pousse son cousin dans le couloir et referme la porte derrière lui. L'orphelin avance, pénètre dans le salon en frissonnant. Il a de plus en plus froid dans ses vêtements mouillés.

Ses tuteurs sont là, comme s'ils l'attendaient.

L'oncle Richard est debout, le dos à la fenêtre. La tante Hélène, assise dans un fauteuil de cuir, regarde droit devant elle, les traits figés. Martin éternue. Il a mal à la tête, mal à la gorge. Il comprend soudain l'expression malveillante de ses tuteurs.

Les Lerond le haïssent, eux aussi. Exactement comme Clérard.

Ils veulent sa mort.

Martin recule, brusquement épouvanté. Il se heurte à Roger.

Son cousin ricane et le repousse d'une violente bourrade.

– Avance, imbécile !

Roger hausse les épaules :

– Je l'ai flanqué à l'eau, mais il s'en est tiré, explique-t-il à ses parents. Je n'ai pas pu recommencer : des types arrivaient de partout. Trop de témoins !

Et Martin réalise, mais trop tard, que c'est Roger qui l'a frappé et jeté dans le canal.

– C'est… c'était toi !

– Pas les premières fois, précise Roger. Il s'agissait vraiment de Clérard. Ou plutôt de Carrier, son homme de main.

Les Lerond se lèvent. Ils avancent lentement vers Martin, les mains ouvertes, le visage fermé. Ils semblent malades, la face verdâtre, vénéneuse, comme si du poison coulait de leur peau.

– Mme de Garrivier avait mis Clérard au courant de son nouveau testament et il a décidé de te faire tuer par Carrier avant qu'elle meure, pour redevenir son héritier.

– Comment le savez-vous ? balbutie Martin.

– J'ai pris les papiers de Carrier quand je l'ai corrigé, explique Roger, sans que tu t'en aperçoives. Plus tard, je l'ai retrouvé et forcé à parler. Il a dénoncé Clérard qui a essayé de te supprimer deux fois… avant nous.

– Mais Roger m'a sauvé ! proteste Martin.

L'épicier et sa femme lâchent l'un après l'autre des phrases brèves et rapides.

– Roger te suivait.

– Il voulait connaître tes habitudes. Il a eu de la chance de te tirer d'affaire place Saint-Sulpice.

– Et toi aussi, tu as eu de la chance.

– Si tu mourais avant la comtesse, son testament devenait inutile et Clérard héritait.

– Mais si tu meurs après elle, aujourd'hui…

– … nous héritons de toi.

– Qu'est-ce que tu pensais ? grince la tante Hélène. Qu'on se contenterait d'une épicerie de banlieue pendant que tu jouerais au millionnaire ?

– Tu croyais passer ta vie entouré de duchesses et d'actrices, sous prétexte que la vieille t'avait remarqué ? gronde l'oncle Richard. Tu t'es toujours cru supérieur à cause de ton père, l'écrivain, mais tu n'es qu'un bon à rien.

– C'est Roger qui dirigera les Quatre Saisons. Il le mérite, lui !

Ils avancent toujours.

Martin se retourne : Roger lui barre le chemin. Le visage épais de son cousin a pris la même teinte malsaine, verdâtre, que celui de ses parents.

La porte est fermée, le garçon piégé. Perdu.

La tante Hélène s'immobilise, le souffle court. L'oncle Richard avance toujours vers lui.

– On te retrouvera sur un terrain vague, n'importe où.

– La police arrêtera Carrier, tôt ou tard. Il parlera. Il accusera Clérard.

– On croira qu'il te haïssait tellement qu'il a souhaité ta mort.

– Même sans héritage...

– La police l'accusera à notre place...

– Et nous hériterons de l'hôtel.

C'est la fin...

Alors l'orphelin se redresse et se tait, très digne. La chance l'abandonne. Il a cru au destin, mais le destin a tué ses parents, éloigné ses amis. Martin se résigne, mais il ne suppliera pas ses assassins.

Et à cet instant...

Des coups sourds, un craquement ! La porte cède avec fracas. Des policiers envahissent brusquement l'entrée, le couloir, le salon. Ils maîtrisent les Lerond en quelques secondes.

Martin est sauvé !

Le commissaire Langoisse donne des ordres aux policiers et les amis de Martin l'accompagnent : Mehdi, Louise-Louve, et Marie-Décembre !

Ils l'entourent, lui serrent les mains, pleurent et rient en même temps, parlent tous à la fois :

– Juste à temps !

– Nous te suivons depuis le canal Saint-Martin. Mais Roger nous a semés avec sa moto de course.

– On t'a suivi pendant des jours, à pied, en métro, en vélo, en mobylette. Il ne manquait que l'avion ! Encore une chance que tu ne sortais presque plus !

– Tu ne croyais quand même pas qu'on s'amusait à la piscine alors que tu étais en danger !

– Tu avais tant de soucis que tu ne nous voyais même pas !

– On s'est relayés. Mehdi ne travaillait plus, Louise-Louve n'allait plus au lycée !

– On a emprunté des portables pour communiquer entre nous.

– On a fini par avertir la police au dernier moment pour arrêter ta famille sur le fait !

– Mais... mais comment, pourquoi ? bredouille enfin Martin.

– Nous sommes tes amis, répond gravement Mehdi. Nous ignorions qui te menaçait vraiment, mais nous voulions te protéger.

– Nous ne t'aurions jamais abandonné ! s'exclame Louise-Louve.

– Je soupçonnais Clérard depuis un certain temps, intervient le commissaire Langoisse. Pour lui, il fallait que tu meures avant Mme de Garrivier. Je te croyais en sécurité une fois la comtesse disparue. Par contre, je ne me méfiais pas de ta famille. J'ai été furieux d'apprendre que Louison et les autres te suivaient. C'était très dangereux ! Mais j'avoue que sans eux...

Seule Marie-Décembre ne dit rien. Elle s'approche de Martin, tout près, et le regarde droit dans les yeux...

Les policiers emmènent Richard, Hélène et Roger Lerond.

Clérard, l'ancien directeur des Quatre Saisons, et Vincent Carrier, le fleuriste enfin retrouvé par la police, sont arrêtés quelques jours plus tard.

Carrier témoigne contre Clérard. Celui-ci travaillait souvent avec Gaspard et Pélican, les fleuristes de la rue Palatine. Il avait découvert par hasard que Carrier avait un casier judiciaire chargé et l'avait engagé pour tuer Martin avant la mort de la comtesse. Le commissaire Langoisse boucle enfin son enquête.

Épilogue

L'aventure est finie. L'orphelin des Quatre Saisons peut désormais choisir son avenir...

Un beau dimanche de printemps, alors que le bleu du ciel et le vert des arbres s'entremêlent dans les rues de Paris, Martin Malivert invite ses amis dans le jardin fleuri de l'hôtel. Clérard arrêté, l'établissement ferme pour un mois.

Les membres du personnel ont congé. Ils ignorent donc que Martin reçoit ceux qu'il aime.

Les moineaux de Paris sautillent sur les branches des marronniers et sur l'herbe douce du petit jardin. Martin a disposé des tables et des chaises de fer autour de la fontaine de pierre dorée. Il a choisi des couverts en argent et des assiettes de porcelaine pour ses invités. Il est heureux de les servir.

Martin sourit, ferme un instant les yeux, au soleil. Il est enfin chez lui... Ses hôtes l'entourent.

Ils sont tous là : le commissaire Langoisse et sa femme, Louise-Louve (qui a mis sa plus belle casquette !) et ses deux petits frères, Sébastien et Lucas, Mehdi et sa mère, M. Sartahoui, et enfin Marie-Décembre avec sa mère l'aventurière, la belle, fascinante et mystérieuse Alexandrine Desmoulins, venue exprès du Canada. Elle repartira bientôt à la recherche de l'émeraude de Salomon ou du rubis de

Tamerlan… Le commissaire la soupçonne des pires forfaits. Pourtant, ils finissent par discuter ensemble de cambriolages célèbres.

Mme ben Mourad et M. Sartahoui parlent de Mehdi, et de l'avenir. Mehdi, lui, joue avec Sébastien et Lucas. Il est beaucoup plus patient avec eux que Louise-Louve. Il a désormais deux familles. Mais Martin aussi : Marie-Décembre et sa mère, le commissaire Langoisse et sa femme qui deviendront ses tuteurs à la place des Lerond. Cela le rapproche encore de Mehdi.

Martin a préparé en l'honneur du printemps et de son dernier jour en uniforme un repas très spécial, une vraie symphonie en vert : soupe à l'oseille, salade de mâche et brocolis, courgettes et poivrons farcis, une glace à la pistache et enfin une compote de kiwis et de petites prunes.

Il sert ses invités puis attend leur avis.

– Tu es vraiment doué ! affirme Mehdi la bouche pleine.

– Je l'espère. J'ai décidé d'accepter l'offre de M. Lefèvre, réplique tranquillement Martin. Je deviendrai son apprenti.

– Apprenti ? Mais tu es riche, maintenant. Et le lycée te manquait tellement ! s'étonne son ami.

– J'ai changé ! Je continuerai à lire et à étudier par moi-même, comme toi, mais je serai cuisinier. C'est ma vocation ! Tu ne regrettes jamais les cuisines, toi ?

L'ancien plongeur réfléchit un instant. Il regarde avec affection M. Sartahoui et sa mère, qu'il aime voir ensemble, puis Louise-Louve et ses parents.

– Non ! J'adore les livres.

– Eh bien, tu vois... Moi, mon père était écrivain, mais je deviendrai un grand chef. C'est décidé !

– Et un jour tu mijoteras des livres de cuisine ! rigole Louise-Louve.

– Apprenti... reprend Mehdi. Lefèvre et les autres employés trouveront ça bizarre.

– Je ne leur dirai rien, répond calmement Martin. Clérard est en prison et les journaux n'ont guère parlé de cette histoire. Personne ne connaît le nouveau propriétaire. M. Lefèvre non plus. Il me traitera comme n'importe quel marmiton.

– Méfie-toi ! s'exclame Mehdi. C'est un vrai tyran !

– Ce sera dur, admet Martin, mais ça en vaut la peine.

Il se tourne vers Marie-Décembre et prend sa main.

– Tu sais, puisque l'hôtel est à moi, tu es chez toi aux Quatre Saisons.

– Je le sais, répond-elle doucement.

Désormais, si vous logez aux Quatre Saisons, un nouveau groom vous ouvrira la porte. Il est blond et rieur, il s'appelle Firmin Lafleur. Il ignore qu'il a été engagé par Martin...

Firmin porte la toque verte et l'uniforme vert à boutons dorés, en attendant les autres couleurs. Il court dans tous les sens pour plaire aux clients. Il est devenu l'ami de Martin, et Martin le sien.

Et chaque matin, un nouvel apprenti respire un bon coup en entrant dans la cuisine. Il salue poliment le chef, noue un grand tablier blanc autour de ses reins et annonce gaiement :

– Je suis prêt, m'sieu ! Qu'est-ce que je fais aujourd'hui ?

– Garnement ! Tu crois qu'on devient marmiton en cinq minutes ? grogne Lefèvre. Pour commencer, tu balaies ! Tu m'astiques cette vaisselle ! Et ensuite tu épluches les pommes de terre, tu vides les poissons, tu…

Les corvées dégringolent ! Tant pis… Martin Malivert, le marmiton consciencieux, le propriétaire des Quatre Saisons, sourit sur son secret et se met au travail.

À Paris

avec Martin et Mehdi

Le tour du monde en vingt arrondissements

Cap sur la Chine dans le XIIIe ! Entre l'avenue de Choisy et l'avenue d'Ivry, restaurants, magasins de vêtements ou de bibelots et supermarchés te transporteront à Pékin. En début d'année, ne manque pas les défilés spectaculaires du Nouvel An chinois, avec la célèbre danse du dragon.

À table !

Le restaurant tel qu'on le connaît aujourd'hui est né à Paris en 1791. Le mot « restaurant » désignait à l'origine un simple bouillon de viande qui « restaure ».
Dans la multitude de restaurants de la capitale, on peut goûter la cuisine du monde entier et celle de grands chefs français à la renommée internationale.
Il est malheureusement difficile de dîner dans les restaurants les plus célèbres comme

Fantômas de Louis Feuillade à travers la capitale.

Tu peux partager la vie d'une troupe d'artistes avec *Les Enfants du paradis* de Marcel Carné, découvrir la vie des Parisiens pendant la guerre sur un ton humoristique dans *La Traversée de Paris* de Claude Autant-Lara, ou suivre les tribulations de *Zazie dans le métro* de Louis Malle.

Un film plus récent, *Subway* de Luc Besson, te plongera dans l'ambiance de la vie marginale du métro aujourd'hui. Avec *Chacun cherche son chat*, de Cédric Klapisch, tu te promèneras dans le quartier Bastille et *Le fabuleux destin d'Amélie Poulain*, de Jean-Pierre Jeunet, te restituera le pittoresque de Montmartre.
Mais si tu préfères le point de vue cocasse des dessins animés, n'oublie pas *Le Bossu de Notre-Dame* de Walt Disney.

À Paris c'est toujours le printemps

Paris compte plus de quatre cents espaces verts auxquels il faut ajouter les bois de Boulogne et de Vincennes. Au printemps, on peut redécouvrir la nature à la faveur de différentes promenades classiques ou dépaysantes.

À la française ou à l'anglaise ?

Si tu apprécies les jardins à la française, avec leur tracé précis, rectiligne et leurs massifs géométriques bien dessinés, tu arpenteras avec plaisir les allées du jardin des Tuileries, du Palais-Royal et du Luxembourg.
Si tu préfères la fantaisie des jardins à l'anglaise, tu pourras flâner, entre une cascade et une grotte, sur les sentiers des parcs Monceau, Montsouris ou des Buttes-Chaumont.

Où peut-on…

• Se perdre dans un labyrinthe et découvrir un jardin alpin ?

… au jardin des Plantes (métro Gare-d'Austerlitz).

• Admirer palmiers, lianes et lotus bleus ?

… aux serres d'Auteuil (métro Porte-d'Auteuil).

• S'initier à l'art du jardin japonais ?

… dans les jardins Albert-Kahn à Boulogne.

• Humer la rose qui a remporté le premier prix de parfum ou de beauté ?

… au parc de Bagatelle (bus n° 244 à partir du métro Porte-Maillot).

• Découvrir l'arbre au caramel, dont les feuilles répandent une douce odeur de friandise en automne lorsqu'on les froisse ?

… à l'arboretum de l'école Du Breuil (dans le bois de Vincennes, route de la Pyramide).

Les jardins du XXIe siècle

En sortant de la Cité des Sciences et de l'Industrie ou de la Géode, prends un bol d'air frais en traversant le parc de la Villette. Il te propose un voyage pour rêver, du jardin des bambous à celui des brouillards, frissonner, en traversant le jardin du dragon…
Pour continuer ta découverte des « jardins du futur », le parc André-Citroën, dans le XVe, construit sur le site de l'ancienne usine de voitures, est un mélange étonnant d'architecture moderne et de végétation !

Rendez-vous de printemps

C'est le moment d'aller au théâtre ; grâce à l'opération « Prenez une place, venez à deux », tu bénéficieras de deux places pour le prix d'une !
Profites-en pour découvrir le théâtre classique à la Comédie-Française, le café-théâtre au Café d'Edgar, ou l'un des petits théâtres parisiens qui proposent des pièces

pour les jeunes – comme par exemple le Théâtre de la Main d'or, dans le quartier de la Bastille.
De la fin mars à début juin, les manèges de la Foire du Trône (bois de Vincennes) te feront tourner la tête.
Au jardin des Tuileries, manèges Belle-Époque, chevaux de bois et karting rivalisent avec la Grande roue.
À l'automne, la traditionnelle fête à Neu-Neu, dans le bois de Boulogne, pourra satisfaire toutes les curiosités : manèges hallucinants, train fantôme, autos tamponneuses, sans oublier la barbe à papa (accès métro Porte-d'Auteuil).

Illustrations du dossier : Michel Riu.

L'AUTEUR

Né à Strasbourg en 1958, **Paul Thiès** a fait escale à Buenos Aires, Madrid, Tokyo, Mexico, avant d'atterrir plus longuement à Paris. Féru de littérature en tous genres, il est aussi remuant que ses personnages, aime beaucoup les gares et les aéroports, rencontre volontiers ses lecteurs qu'il entraîne dans des aventures endiablées, dans des univers peuplés de héros aussi touchants que malins.

Il a déjà écrit beaucoup de livres pour les jeunes chez Rageot.

PAPIER À BASE DE FIBRES CERTIFIÉES

RAGEOT s'engage pour l'environnement en réduisant l'empreinte carbone de ses livres. Celle de cet exemplaire est de :
550 g éq. CO_2
Rendez-vous sur www.rageot-durable.fr

Achevé d'imprimer en France en août 2015
chez Normandie Roto Impression s.a.s.
Couverture imprimée chez Boutaux (28)
Dépôt légal : avril 2012
N° d'édition : 6462 - 15
N° d'impression : 1503766